越冬する馬

谷元益男

思潮社

越冬する馬

谷元益男

思潮社

目次

Ⅰ

Ⅱ

装幀＝思潮社装幀室

越冬する馬

I

スコップ

村びとらは
何日もかけて
その川に大きな土管を埋めた
山を削り　泥を盛って
脇を　固めた
日を追うごとに土手は高くなり
小道らしい通りが造られた

兄やわたしらも

その道を通学路にしていた
踏みつけられていく道は
土手の両側に草木も繁り
やがて　雑木が大きくなるように
幼かった子らも
遠くへ出ていった

ある時
集中豪雨に襲われ
上流の大きな倒木が土管を塞ぎ
瞬く間に濁流は狂い
辺りはダムのように水嵩が増し
盛り土は　ひと晩ともたず
決壊した

狂い続ける水は
田畑の苗　小屋や橋までも
圧し流し
村人が盛った土手など
渦のように舞い
子らの声が浸み込んだ土も
濁流に弾け散った

誰一人　いなくなった崖に
引っかかった一本のスコップ
主のいない松葉杖のように
揺れている
水の記憶も

夏の陽射しに　うたれ
今はいない兄の腕のようにゆれている

水の淵

背丈ほどの草が
布のように揺らいでいる
男は
ひと思いに茎を刈り
くぐるように足を踏み入れた
足下に這う蛇を
草刈り機で追いながらすすむ
脇には　風だけを通す水路が

わずかな水の流れをみせていた
覆い被さる枝は
顔に似た石を撫でている
先には　おびただしいキノコが
亡きひとに見え
葉陰をぬって崖に向かった

滝に近づくと
澱みには
皮のはがれた大木が何本も
逆さに突き刺さっていた
大雨の激流にも耐え
その木は滝つぼから
動いたことがない

人は　逆さには刺されない
たとえ
腕や脚を伸ばしても
死は濁ったまま流される
水はすべてを
もぎ取って流れていく

薄いひかりに覆われ
身を削ぎながら　やがて
水は
つぎの仏を
彫りはじめる

とばし屋

深緑《ふかみどり》のホロで覆った
四輪駆動の軽トラで
狭い道を　さらに狭いところへ
目指している
わずかに落ちてくる霧雨は
両側のかたい芽を　なお
痛く鎮めている

走るにつれ　荒れた道は

落葉樹につつまれ
ホロは深海に溶け込んでいく
荷台には　揺れる鉄のカゴ
鉄柵のなかで
猫はほとんど揺れず
眼光だけが　怪魚のようにひかる

昨夜　鉄筋の籠に餌をおき
いきものの翳もろとも　おびき寄せた
トビラが閉まる罠に
はじめて気付いたとき
すでに遅く
鉄格子に爪をたて
啼くことしかできなかった

鉄柵ごと　澱みに
沈めることもできた
だが　男は川など眼もくれず
軽トラで
険しい山奥へ
なお奥へと登っていく

その場所に着くと
軽トラをバックさせ
エンジンを切った
ホロをはぐり　猫の目を見た
吸いこまれていく　深さがはしり
鉄柵の扉を開ける

矢のように
つぎつぎに飛び出て
断崖を蹴って逃げた
飛んだ先は
……空だった
落ちるところは　いまも
ない

しぶき

霧深い朝の川を
山羊が流れていく
ツノで水を切り
突き出た石をぬうように
ゆっくり動いている
薄日が水面と山羊をつなぎ
膜のようにゆれている

はるか上流で　飼われていたが

張り巡らされた柵を跳び越えた
山羊の手綱を
握ったまま
数日後に
よろめいて　息を引きとっても男は
放そうとしなかった

山羊は男の影のかけらを
食べた
男が葬られた日に
ゆっくり
川原に降りていく
震えて声にもならないものを
柵の網にひっかける

影を　探して
山羊は　水に足を入れる
この　滝の縁を下れば
男に会える
水の　しぶきが
白い背中のように
ゆっくり　歩き出す

閉じる

尾の切れた
トカゲ
庭の隅で　萎えたように
縮んでいる

切れて
生えない指に
最後の
動きが

酷似する

ガラス戸に
見覚えのある顔
その奥に　トカゲの尾が
何本もゆれている
それを引き抜く

死の穂先は
何処に　逝ったか
先をいく翳
空の
奥

土の声

薄暗い土間から
風がすべりこみ
小さく刻まれた闇の襞に
人の翳も引き摺っていく
板壁から　百足が煙のようにこぼれ落ちる
冷えた土間は
露のみで貌の輪郭を浮かせ
わずかな動きをみせている

近くの道路で
履き古した靴が
古老の足に別れを告げている
踏んでいた泥が
靴跡とともに土間に入り込んできて
人目も気にせずこぼれ
渇きとともに　胸の奥で
息をひそめる

亡くなったひとは
土の皮を剝ぎ
消えた魂までも
浮かせて
やがて　しずかに

息だけを潜めて　吸い寄せられる

土の底から湧きあがるのを
遠くで聞いた
死の間際まで引き継がれて来たものは
千切って土間に捨てられる
弱った人の声
蟬のように　わずかに震えているが
声は
軽くはない

種子

芽を出すはずの
種子は
鍬を肩にした農夫に
踵で踏まれ
踏まれている胚芽は
土に隠れ　根を深く鎮めて
蛇のように　うずくまる

種子は土で眠ることだけを

願っている
土の塊が闇と同じ重さとなり
皮に亀裂がはしるとき
わずかに　のびる殻の先が
空の　把手に手をかける

水にうたれ
一斉に吹き出る芽
黒い水面から　顔を上げると
遠くの硬い手が
振り子のように　騒いでいる
播かれなくても
のびるしかないのだ

ひとつの季節が終わると
次の時期に向かい
ひかりを帯びたものだけが生き続ける
木々は伐り倒されて死ぬが
種子は　あるとき地面に
陰が長くなる陽炎な日に
飛び降りる

死んだ農夫の
手には　種子が固く握られ
掘り起こした土のにおいが　辺りに
静かに広がった
やがて　種子は激しく打ち付けられる雨に
流されていった

殻を破れないものは
はじめて自分が種であったことに
気付くのだ

蝸牛

山芋のツルを何匹もの
蝸牛が這っている
埋め戻さなかった穴に
おとこは足を滑らせ
引き摺られるように落ちた
あたりには口を開けた穴が
舟のように浮かんでいる

腕のような芋は

行く手をさえぎる岩や
根にからまる
摑みそこねたものを
枝先にぶら下げ
地中に　ゆっくり
降ろしている

殻に覆われた虫が
めざす場所は
尖った穴の先で
殻の中には　生まれたての
闇が　詰まっている
ゆっくりと　影を追い
失ったものが芋となり

かたちになっていく

おとこが死んだ年に
埋め戻さなかった穴から
虫が　蛆のように
這い出して
ふたたび
一本の山鍬の柄に向かって
うっそうとした気配が
立ちあがる

竹

暮れていく道の脇に
蚊柱のように生えている
タケノコの群
空に向かって　のぼっていく
村びとの服が
薄みどり色の表皮と重なる

やわらかな穂先は
地中の血を吸いあげ

やがて　欄干の支柱に
倒れかかる
つかんで離さない節々
惜しまれながら逝ったものが
絡め取られている

この地の　限られた
ものたちが
消えていく色に染まる
坂を転げ落ちる翳
ヤブから　突き出た
竹が
川をわたる舟の先

その集団のなかに
亡くなった兄が
竹笛を持って
立っている

声の先

清く掃かれた階段には
木漏れ陽が
ウロコのように泳いでいる
落ち葉は深さを増し
石段の継ぎ目だけが
苔を奥まで染みこませ
切れ目が口をあけている

すり減った石は
両足をまごつかせる

境内の隅で穴を掘り
その脇で火を焚きながら
男らが待ちかまえていた
吐き出された声は火にくべられ
黙して立ちあがる

むかし境内を
走り回った少年は
竹刀で叩かれ
火のように顔を赤らめた
苔をよけて階段を転がるように
降りていった
怒声に　追いたてられ逃げ出した
遠い門

少年は
平手で殴られ
幼い時間の中で泣いた
石段を下りる時
血のついたやわらかい紙が
足下に落ちている
ほぐれるほどやわらかい
こどもの声が　燃えながら
憑いて　来る

石

浅瀬で
石をひろっている
男はヒザまで　水につかり
重い石をかかえている
推し固まった石を抜き取ると
魚や虫の影が　一斉にながれていく
沢蟹も一筋の血のようにながされていく

男の抱える石は

うずくまった少年のかたち
細長く
うごきだすヤゴの幼虫に似た姿が
眼の中に　うすく濁って
沈んでいく
水の膜ごと石を剝がして
台車につんで持ちかえる

そして　庭先で
石を　ならべるのだ
汚れた水が袖からしたたり
男は　この地で
亡くなった順番に抱きかかえ
しずかに置く

眼を凝らすと
石は裾から　ちいさく
手をふっている
亡くなったときに差し出していた手
顔が見たいと
涙がひとすじ石の表を
伝っていく

背に負われることもなく
生まれた子が
しずかに　隅に置かれた
ならべられる
翳の　かたち

Ⅱ

兆し

暮れも近い日　一枚の葉書が届いた
あなたは　その年の初めに亡くなって
新緑や花も知らず散ったのだった
何もわからず　霧に
過ぎた日が囲まれた
穏やかな空は　傾き
風が早足で地面を歩いてみせた

ゆっくりと話すひとだった

賀状に欠かさず自作の句を載せて　五十年
五十一枚目の
賀状は　何処をさまよっているのだろう
一本の糸にたくすのは
あなたが好きだった渓流釣りで
流れに任せて過ごした日々だった

畳の上も歩行器を頼りに
腕の届くところが
釣り場だった
ある時　振り向きざま
歩行器が横転し　針が喉元に刺さった
それから　寝たきりとなり
鉢に水をやることもできず

フスマ一枚の外は　水のない河原

亡くなったとき
目の縁から涙が流れていたという
やさしい語り口
おだやかな声
あなたが動くと
遠のいた何かの兆しが
わたしにも還ってくる

亡くなる日の
兆しを
思い出そうとしている
わたしの誕生日に亡くなった

あなたの葉書が
目前の畳で
魚のように　微かに
跳ねた

回廊

夕暮れ
死の間際の猫は
下水管に　ゆっくりと入っていく
月も隠れ
夜半から豪雨となって
土管の中は水かさが増し
川に流される痩せた影

翌朝　雨上がりの

空き地に
前足を折って　うずくまっている
流されたが
影だけをたどって
もたつきながら
帰ってくる

耳の奥底に
戻るという習性が住みつき
餌も口にせず
何日も生き延びる
辿る糸が切れたとき
はじめて姿を消す

回廊は　管の中に
張り巡らされて
影の中の入口が
また一本　塞がれる
遠くで
出口も　凍てついた

ひとは逝ったきり
かえることはない
わずかな住処を　見つけ
雨をしのぎ　ふらつく影は
小屋の前にも
立つ

堰

それほど大きくない川が
家のすぐ脇を流れている
そこを　すこし降りたところに
さらに小さな支流があって
辿って行くと
狭い堰《せき》が少しずつ水を飲みながら
吐き出していた

赤茶けた粘土質の土でかこまれ

まるで血の通った沼のようにも見える
その溜りに石亀がいた
亀はわたしが生まれるまえから
そこに住みつき　一歩たりともそこから
離れたことがないのだ
食べるものもわずかで　大きくはないが
背中に負った亀裂が凝り固まり
浮き出た血管のようにみえた

水面から首を突出しのけぞって
こちらを窺っている
先ほどの川で釣ってきた小魚を
鎌で半分に切って投げ入れた
しばらくして底が濁り　亀は裏返った魚に

近づいていった

亡くなった兄がこの近くまで母に背負われて
来ていたのかもしれない
この堰の奥で静かに生きていた兄の姿が
水の底に微かに揺れている
泳ぎを見せる魚もいないのに
影のように　何かが
ゆらいでいる

廃屋

老女が棲む小さなあばら屋
切り倒された杉の根に
湧いた白蟻が
血管を　張り巡らせたように
地中をつたい柱や梁を喰いつくす
女の影も　徐々に薄れ
姿が見えなくなる

女が亡くなって

色濃くなっていく影
小屋のいきものは
雨風で朽ち果てる家に
筋のような柱や桟を残して
立ちつくす幻の幼木のように
見える

朽ちて落ちた影は
白髪のように
忘れられた遺骨となって
中庭にころがっている
芯を探し　僅かな木の
白い糸に
群がる

脇を流れる川のように
遠くに去っていく
朽ち果てる裏側で
いきものは姿を消して
空がわずかに破れ
組まれた骨に　闇だけが
たちこめる

枝

銀杏の枝を
切り落としている
数十年前
男が子どものころに植えられ
枝の先端は
吸われるように空にむかって
つかんだものを　手放さない
汚れた服をひらつかせて　男は

村から外には
一度も出たことがない
傾斜の畑に血の滲む飼料を作り
何頭もの牛を飼い
死ぬまで
他所の空気は吸いたくないと言い張った

途中から切り落とした枝が
地面に叩き付けられる

手足が
枝のように　節を持ち
視線は遠くに投げたまま
鉈は　胸に張りついた

男の中にある村は
皮と肉が切り離され
枝肉となって遠くへはこばれていく

銀杏の葉は
丸まった牛の舌のように
男の知らない土地を舐めている
空には
枝のように掛けられた
男の腕から
芽が出はじめている

支度

老いた男は　何百匹のサカナを
釣り上げただろう
ダムは　ゆらゆらと水を湛え
山深い色を映して
巨大な一枚の絵のように
静かに　男の前に立っていた

朝起きると釣り支度をととのえ
昨日　釣り上げ

湧き水に放してあるサカナに
瞬く　視線をおくる
もう釣り上げるな　と
尾ひれの動きには
見向きもせず　立ち去るのだ

ダムから
魚体を引きぬき
泥を吐かせて臭みをぬいたものを
どこかにはこんでいる
男が亡くなったとき
サカナを受け取ったものたちが
ぞくぞくと集まってきた

集まった者たちは
黒い水の影を
引きずっている
透明な糸の先に　歪んだ貌を
吊り下げている
人は　何かに気付いた
村人が　近づかない理由を

釣っては配っていた自分の姿は
浮かぶ筏のように
遠くに消えていく
ひとをつなぐサカナ
その糸を引く腕が
硬直していく

男が
火葬場にはこばれたとき
ひとは　喉から硬いサカナの
骨を　ぬきとって
糸の切れた釣り針のように
棺の隅に　かえした

視線

突然　流行《はやり》はじめた口蹄疫は
この山奥の村にも襲いかかって来た
牛に餌をやる村びとの手は
震えが止まらず
わずか数キロしか離れていない町では
一頭が発症しただけで　数百頭も殺処分され
あのやさしい目や　人なつこい舌も
深くつめたい土に埋められた

さびれたこの村でひとりの男が
自分の病と闘いながら
数頭の牛を飼っていた
手塩にかけた牛は
涙をながし　口元には白い泡をため
病にかかるのを悟ったように
落ち着かず弱った足どりで
狭い牛舎を歩き回った

その晩　薄暗い牛舎で
一頭の牛が仔を生み始めた
だが　逆子のため産まれず
子牛の後足にロープをかけ男は必死に引き出した
殺された多くの牛が

稲妻のように男の脳裏をよぎったとき
真新しい藁の上に産み落とされた

ほどなく立ち上がった子牛は
はるかな空にむかって
悲しみを射ぬくような視線を向けた
あの　やさしさは藁に踏み込まれ
怯えた目が闇と重なった

牛舎の入り口にまかれた石灰が
埋められた仲間の姿と
死んでいった子牛の形を残して
いまでも
白く　かがやいている

蟻の路

どこから集まったのか
おびただしい数のいきもの
柱と柱をつなぐ
分厚い横木を引きはがすと
米粒をひっくり返したように
乱雑に動き回っている
梁は
透明な糸のように消えかかっている

見えない処だけを探しあて
木から木へ移っていく
牛舎は
朝陽をうけると　繭のように
透けて　風も通すのだ
白いいきものが
闇を喰ったのだ

地面に生えたブロック塀を
駆けあがるとき
死の道をつくる
天に掛けた死の袋に
亡くなった人の陰をくわえ
やわらかい木目にそって

吐き出している

ぼくの内臓が
骨のような柱に
浮き出て傾いていく
痛みは感じない
ひきつった柱が
折れた手足のように
立つ

かつて
生きていた牛たちは
草を食みながら
影よりうすく

白いいきものの中に
寝そべっている

立ち枯れ

繁ったスギ林の中に
樫の木が一本
枯れたまま立っている
生きていれば
スギをしのぐ高さになり
枝ぶりも
力強かったかも知れない
傾いた枯木は夕陽を受け

枝を落とした浅い空も染まっている
太い幹は微動だにせず
途中から二手に分かれ
片方は朽ちて息遣いさえ
途絶えている

残りの幹には
地面の際から先端まで
キノコがびっしりと生えている
静脈のように
木の肌をまとって
わずかに羽を動かしている

陽が白くかがやく

枯れた樹木は
歩いている男の
動悸を感じ
生きていた

支えられぬ顔は
すでに　落ちて腐葉土とともに朽ちている
やがて
白装束のキノコが
枯れた背中を
列をなして　蝶のように
登っていく

闇を継ぐ

私の身近なところに片脚の悪い男がいた。「く」の字に曲がったその脚は伸びることはなかったが、それを苦ともせず散々走り廻った。特に険しい山を駆け上る時や下る時は、その曲がった脚が功を奏し凄まじく速かった。

男は猪や鹿の罠を仕掛け仕留めては、獲物を背負って斜面を下って行った。古いバイクにまたがると何処にでも顔を出し因縁のあった男は、私のあばら家にも時々バイクを横付けにした。一瞬飛び立った銀蠅がしばらくすると、男が座っていたバイクの鞍や男の首筋と背中を飛びながら離れることはなかった。

昔その男が、人を殺したと私は子どもながらに聞いた。男が伸びないままの脚を引き摺りながら、大きな斧で高利貸しを殺めたと思うと、私はとてつもなく暗い闇を背負ったようで恐ろしく近寄り難かった。曲がった膝の暗い血を思い、躰を折りながら、ほんの少し咎めを受けている気がしたが男はバイクで知り合いを片っ端から訪ね、訪ねた先で半歩身を引く態度が耐えられなかったのかわざと甲高い声で笑い、鋭い視線も放った。

ある時、こんなことがあった。その男の娘が年頃になり赤子を授かった。男もたいそう喜んでいた。自分のような男にも孫が出来るとは夢のようだと思ったのだろう。

だが、それから日も経たないある日、娘が目を放した隙に赤子は死んでいた。においを嗅ぎつけられ何匹もの鼠にかじられて息絶えた乳児は泣き声も呑み込まれていた。娘は狂って、あろうことか跡追いして首を吊った。残された男は、ますます酒をあおり荒れて手が付けられなかった。

背負った闇を捨てることが出来ないまま、男は数年後看取られずに息絶えた。納屋ではホコリを被ったバイクが男のように小さくなり、闇の中で私の眼はいつしか獲物を追う目付きになっていた。

Ⅲ

越冬する馬

眼前の田に
うずくまるように積まれたワラ
被っていたビニールが
皮のようにゆらいでいる
支えていた竹や杭が傾いで
力なく　うなだれ
ワラは水も飲めず震えている

稲の切り株につまずき

空に蹄を突き上げている
長い首や尾は
アブや蠅を追い払ったまま
空に閉じ込め
泥のように白く
貼りついている

馬は強風できしみ
いななく
桶に餌を入れ
手綱をゆるめてくれた老人を探す
高い土手の斜面に
武骨な手で鬣《たてがみ》を撫でた爺が
叢のなかにみえ隠れする

白い息を吐きながら
徐々にやせ細り
両足を曲げ崩れるとき
老人の
馬を呼ぶ声だけが
ひくく　ワラの芯に
凍みこんでいく

畦

初老の男は
強い陽ざしが打ちつけるなかで
田の畦を塗っている
水をはった田が
窓のように　ひかりをはじいて
泥から　ぬけ出した虫が
およいでいく

陽を纏った腕は

田の底に沈んだ泥をすくって
鍬で切っては
畦に塗りつける
切れたミミズも
畦に　貼りつけられたまま
足もとで指のようにうごめく

打ちつけた臭い泥が
顔にはねる
乾くと　死斑のように
生と死の色を　浮きたたせる
鍬を持つ手が
腰を折った祖父の手と
重なる

やさしく笑いながら
枯れ草を　燃やしていた
畦から　漏れた水が
田の入り口に　アザミのように
跡を残し
はねた泥のあとに遠い
色を重ねる

水は
しずかに
祖父の足跡に
溜まっていく

斑点

刈りとった田の中に
やせたワラが
束ねて　放ってある
水と陽を吸って
取り込まれるのを待ちながら
近寄ってくるいきものを
その中に　隠し持っている

風の強い日

いきものは　こちらを窺っている
束ねたモミ藁を積み重ね
青いビニールシートで
隙間なく被った
台風は　あたりの木や枝葉を
へし折りながら　足早に過ぎ去った

風もやんでシートをはがし
その束ねたものを　ロープで吊して
牛舎の二階に引き揚げる
藁は手足をばたつかせ
おびえてふるえながら
屍のように
板間に投げ出された

一晩過ぎて
おとこに
何かが取り憑き
小豆を埋めこんだように
赤くはれ上がり　全身が
斑点に被われた

貼りついた斑点は蠢き
体を一周し始める
その小さないきものは
おとこの　熱と荒い息を
喰いつくして
駄馬のように

牛舎の隅に佇んでいる

谷元益男　たにもと・ますお

一九五一年生まれ

詩集『夢の器』（一九七七年・山王ライブラリー）

『線を喰う虫』（一九七九年・昧爽社）

『凝固』（一九八四年・七月堂）

『水をわたる』（二〇〇四年・思潮社）

『水源地』（二〇一〇年・本多企画）

『骨の気配』（二〇一三年・本多企画）

『滑車』（二〇一六年・思潮社）

『展』（二〇一九年・ふたば工房）

現住所　〒八八六―〇〇一二　宮崎県小林市野尻町東麓五六六七

越冬《えっとう》する馬《うま》

著者
谷元益男《たにもとますお》

発行者
小田久郎

発行所
株式会社 思潮社
〒一六二-〇八四二　東京都新宿区市谷砂土原町三-十五
電話 〇三（五八〇五）七五〇一（営業）
〇三（三二六七）八一四一（編集）

印刷・製本
三報社印刷株式会社

発行日
二〇二二年九月一日